거울이
된

Miroir ou la
Metamorphose d'Orante

남
자

샤를 페로 지음 / 장소미 옮김

거울이 된

*Miroir ou la
Métamorphose d'Orante*

남
자

특별한서재

일러두기

* 책은 『 』, 작품은 「 」로 표기했습니다.
* 주석은 옮긴이 주입니다.
* 동화의 아버지, 샤를 페로의 첫 서사 작품인 『거울이 된 남자』는 1661년에 발표되었지만 2020년대를 사는
  우리에게 좀 더 가깝게 다가오도록 그림은 시대에 얽매이지 않고 자유롭게 묘사했습니다.

극단은 부도덕한 것이다. 그건 사람으로부터 발생한다.
모든 균형은 옳다. 그건 신으로부터 오는 것이므로.

　　　　　-장 드 라 브뤼에르

보이는 것이 다가 아니다

이 책의 주인공 '오랑트'는 육체뿐만 아니라 영혼까지도 섬세하게 묘사하여 이야기하는 능력이 매우 뛰어납니다. 하지만 그 뛰어난 능력에 비해 기억력이나 판단력은 형편없는 수준이어서 늘 다른 이들의 기분을 상하게 하기 일쑤였어요. 결국 오랑트는 거울로 변하게 됩니다. 지나친 솔직함이 화를 부른 것이지요.

『신데렐라』, 『장화 신은 고양이』, 『잠자는 숲속의 공주』 등 수백 년 동안 많은 이들에게 큰 사랑을 받은 동화를 써낸 작가 샤를 페로는 『거울이 된 남자』 속 오랑트의 이야기를 통해 균형의 중요성을 이야기하며 인생을 보다 지혜롭게 살아갈 수 있는 삶의 기술을 전합니다.

Miroir ou la Métamorphose d'Orante

차례

Miroir ou la
Métamorphose
d'Orante

　얼마 전, 내가 참석한 모임에서 갖가지 대화가 오갔다. 대화는 점차로 사람을 똑같이 묘사할 수 있는 능력에 대해 흘러갔다. 자기 자신이나 친구들을 정교하고 빼어나게 묘사할 수 있는 능력을 가진 여러 사람들이 거론되었다. 세간에서 '포르트레Portraits*'라고 일컫는 그들의 능력에 대한 신기하고도 재미난 이야기가 쏟아져 나왔다. 좋은 포르트레와 나쁜 포르트레의 차이점이라든지, 포르트레를 하는 이들이 갖추어야 할 덕목이라든지, 그 방면에서 일가를 이룬 이들의 목

• '초상화'의 의미이고 회화에서 파생된 문학 장르이다. 문자 그대로 사람이나 대상을 언어로 형상화한다. 라 브뤼에르는 포르트레에 대해 '모든 작가는 화가이고, 모든 훌륭한 작가는 훌륭한 화가'라고 말한 바 있다.

록이라든지.

그 모임에 포르트레의 대가로 알려진 사포가 참석하지 않은 것은 천만다행이었다. 워낙에 성정이 겸손한 그녀가 사람들이 면전에서 쏟아 붓는 온갖 칭찬을 못견뎌했을 것은 불을 보듯 뻔했으니까. 물론 사람들이 그녀가 있든 말든 개의치 않아 할 수도 있었겠으나, 그녀를 자칫 거북하게 만들까 봐 두려워 자유롭게 의견을 내놓지 못했을 수도 있었다.

Miroir ou la
Métamorphose
d'Orante

어쨌든 그날 거론된 무수한 이야기들 중에서 특별히 재미난 이야기가 있었다. 내가 혼을 쏙 빼앗긴 그 이야기는 그날의 주제였던 포르트레와 가장 부합했을 뿐만 아니라, 이야기를 들려준 사나이의 언변도 맛깔스러웠다.

"여러분, 이 위대한 포르트레 작가가 보이십니까?"

그가 우리가 모여 있던 거실의 거울을 가리키며 말문을 열었다.

"한때 포르트레의 대가였으며 이렇게 거울로 변하기 전까지 어마어마한 명성을 떨쳤던 인물이죠. 다만 지금은 그의 작품이 하나도 남아 있지 않다는 사실이 못내 안타까울 따름입니다. 정말이지 단 한 작품도 남아 있지 않아요. 아마

포르트레 당사자한테만 이야기를 들려주는 것으로 만족했기 때문일 겁니다. 아니면 너무 게을렀거나, 작가로서의 자부심이 과했던 나머지 판본을 절대 허용하지 않았을 수도 있고요."

모두가 거울의 변신에 솔깃해하며 좀 더 자세히 얘기해 보라고 사나이를 졸랐다. 그가 말을 이었다.

"아마 여기서 저만큼 여러분의 호기심을 충족시켜 줄 수 있는 사람도 없을걸요. 그 이야기를 읽은 지 불과 사흘밖에 되지 않아 아직 기억이 생생하거든요. 베니스의 한 작가가 쓴 이야기인데, 이름이 널리 알려지진 않았지만 기발하고 흥미진진한 상상력으로는 베니스에서 둘째가라면 서러울 작가죠. 산문에 간간이 시를 곁들이기도 했는데 제가 기억나는 대로 들려드리겠습니다."

이렇게 시작된 그의 거울 이야기는 다음과 같았다.

　　지금 우리들 앞에 있는 이 거울은 예전에는 오랑트라고
불리던 매우 예의바르고 정직하며 우아한 사나이였다. 무엇
보다 그는 대상을 있는 그대로 묘사할 수 있는 뛰어난 능력
으로 세간의 인정을 받았다. 사람들의 찬사가 끊이지 않았
고 따라서 그도 셀 수 없이 많은 사람들의 모습을 기꺼이 묘
사해 주었다.

　　그때마다 사람들은 어쩌면 이처럼 아름답고도 섬세한 묘
사를 그토록 짧은 시간에 완성할 수 있느냐며 감탄을 연발
했다. 아닌 게 아니라 누구든 오랑트 앞에 서는 것만으로 단
번에 자신이 어떤 모습인지 알 수 있었다.

　　하지만 오랑트는 그보다 더 놀랍고 독보적인 재능이 있

었다. 바로 육체뿐만 아니라 영혼까지 묘사하는 것. 그는 대상의 세세한 동작이며 표정을 남김없이 묘사한 나머지, 육체를 조종하는 영혼마저 고스란히 드러냈다. 예컨대 여인의 눈을 묘사한다면, 눈이 깜박거리는 정도와 사물을 바라보는 방식을 매우 세밀하게 그려내어 그녀가 정숙한지 애교스러운지, 어리석은지 총명한지, 침울한지 쾌활한지가 훤히 보였다. 대상의 본성이 투명하게 드러났다고 할까.

대상을 묘사하는 오랑트의 능력이 완벽하다는 데는 이론의 여지가 없었다. 문제는 그가 이 특별한 재능 이외의 모든 것에 형편없었다는 것이다. 오랑트를 면밀히 분석한 이들에 따르면, 표현력이 지나치게 발달한 나머지 기억력이나 판단력 따위의 다른 능력은 전혀 발달하지 못한 것이 그 불균형의 원인이었다.

실제로 오랑트는 아무것도 기억하지 못했다. 대상이 눈앞에서 사라지면 곧바로 머릿속에서도 지워졌기 때문이다.

판단력은 기억력보다 더 심각했다. 그는 자신이 알고 있는 사실이 상대에게 이로운지 해로운지 전혀 분간하지 못했기 때문에 머리에서 떠오른 것을 그 즉시 당사자의 면전에서 죄다 말해버렸다. 말을 해서 좋을 것과 입을 다물어야 할 것을 전혀 구분하지 못했다고 할까. 세상에서 가장 모욕적인 말들도 꼭 전해야 할 말인 양 힘주어 내뱉기 일쑤였으니 말이다.

오랑트한테는 세 명의 남동생이 있었다. 그들도 형과 마
찬가지로 포르트레를 하고 모든 종류의 사물을 묘사했다.
하지만 형만큼 정교하고 능숙하지 못했다.

세 동생 중 둘은 몸집이 퉁퉁하고 곱사였는데, 그중 첫째
동생은 몸이 앞으로 굽었고 둘째 동생은 뒤로 굽었다. 셋째
동생은 자세가 하도 엉거주춤해서 마치 몸속에 막대기라도
박혀 있는 것 같았다.

몸이 뒤로 굽은 동생은 대상을 늘 실제보다 부풀리며 이
상스러우리만치 과장하기를 좋아했고, 정열적인 천성 탓에
사물에 불을 붙이기도 했다. 사람들이 그를 두고 피그미족
은 거인으로, 모기는 코끼리로 만든다고 비아냥거리는 것도

괜한 소리는 아니었다.

　반면 앞으로 몸이 굽은 동생은 정반대였다. 요컨대 그는 모든 대상을 실제보다 작고 보잘 것없게 묘사했다.

　두 동생의 묘사 방식은 크기 외에도 다른 차이점이 있었다. 바로 몸이 뒤로 굽은 동생은 과장이 심한 나머지 대상을 뿌옇고 흐릿하게 묘사해서 도통 뭐가 뭔지 알아볼 수 없게 하는 반면, 몸이 앞으로 굽은 동생은 대상을 극도로 선명하고 뚜렷하게 묘사한다는 것이었다.

　셋째 동생은 위의 두 동생보다도 더 한층 기이했다. 그는 반듯한 사람을 전혀 알아볼 수 없는 괴물로 만들어 놓았고, 반대로 일그러진 사람은 그럴 듯하게 꾸며 미화했다.

　세 동생이 서툴고 유별난 것은 사실이었으나, 재미삼아 한두 번쯤 상담을 청해볼 만하긴 했다. 물론 그들과 오래도록 함께 있는 것은 지루하기 짝이 없는 일이었다. 세 동생은 적어도 사리판단만큼은 명확해서, 자기들이 평범한 세상에서 환영받지 못하리라는 것을 충분히 인식했다.

그리하여 그들이 찾아간 곳은 자기들의 가치를 인정해주고 열광적으로 환영해주는 호기심이 왕성한 이들의 연구실이었다. 세 동생은 그곳에서 수학 연구에 전념하여 짧은 시간에 놀라운 성과를 내는가 싶더니, 이제는 세계 유수의 학자들에게 학문에 얽힌 수천 가지의 비밀을 가르쳐주는 위치에 올랐다.

수학자가 된 세 동생이 호기심이 왕성한 이들의 연구실을
드나들며 밤낮으로 연구에 매진하는 사이, 맏형인 오랑트는
여인들의 밀실과 규방에서 늘 아름답고 빛나는 자리를 차지
한 채 꼼짝도 하지 않았다.

생각을 거침없이 이야기하는 그의 기이하고 자유로운 태
도를 보았을 때 그가 여인들에게 열렬한 환대를 받는 것은
분명 의아스러운 것이었다.

여인들은 다른 이의 입을 통해서 들었더라면 불쾌해하고
역정을 냈을 법한 말도 오랑트한테서 들으면 속수무책으로
속만 끓일 뿐, 그저 자기들의 결점을 대놓고 나무라는 오랑
트의 지나치게 순진한 태도가 바뀌기만을 바랐다.

하지만 생각을 감추는 건 오랑트의 능력 밖의 일이었다. 그는 상대가 듣기 싫어하는 말일지라도 입에서 절로 나오는 걸 어쩌지 못했다. 여인들은 이따금 오랑트한테 손톱만큼의 칭찬이라도 들으면 이를 데 없이 행복해했다.

놀라운 것은 여인들이 오랑트가 판단력이 부족하다는 것을 익히 알고 있으면서도 갖가지 문제들을 그와 의논한다는 것이었다. 그들은 오랑트의 의견을 듣지 않고는 어떤 결정도 내리지 못했다. 자세며 행동거지, 옷차림이며 헤어스타일 등을 오랑트의 단호한 지시대로 따랐다. 오랑트의 승낙 없이는 리본도 매지 않았고 입술 옆에 애교점도 찍지 않았다.

오랑트는 거짓 없이 성심을 다해 상담을 해주었기에, 그의 의견을 따른 여인과 따르지 않은 여인들 사이의 간극이 뚜렷해졌다.

오랑트는 판단력은 부족했을지언정 뛰어난 자질이 한 가지 있었다. 그것은 현명하기로 내로라하는 이들에게 대개 결여된 것으로, 바로 여인들과 상담할 때 그들 각자의 개성과 나름의 장점을 칭찬해준다는 것이었다.

그것은 억지로 쥐어짜낸 아첨이 아니었다. 그는 도저히

예쁘다고 할 수 없는 여자한테는 결코 아름답다고 말하지 않았다. 그러한 정직하고 담백한 태도는 대성공을 거두었다. 오랑트의 말이라면 모두들 고개를 끄덕였다.

그는 허황되지 않게 그럴 듯한 말만 했기 때문에, 여자들한테 자신들을 다른 여자와 똑같이 취급한다거나 무시한다는 비난을 들을 염려가 없었다.

더불어 그는 상담하러 온 여자들의 마음을 빼앗는 데도 일가견이 있었다. 여자들에게 다른 여자들의 장점을 강요하지 않고 저마다의 개성을 존중해주었기 때문이다. 물론 완벽한 미인을 맞는 것보다 더 즐거운 일은 없긴 했지만.

그가 미인의 용모와 자태를 어찌나 생생하게 재현했던지, 사람들은 그의 이야기만 듣고도 그 미인을 실제로 보는 듯한 착각에 빠질 정도였다. 미인의 용모와 행동거지를 그토록 세세하게 낱낱이 묘사하는 것으로 미루어, 그가 사랑에 빠진 것이 분명하며 가슴속에 아예 사랑스러운 미인의 모습이 각인되었을 거라는 소문이 나돌기도 했다.

하지만 그는 미인이 눈앞에서 사라지면 그 즉시 그녀를

잊었다. 그리고 그녀에 버금가는 또 다른 미인이 나타나면 마치 난생처음 아름다운 여자를 본 양, 이전과 똑같은 열의로 똑같은 말을 주워섬겼다. 사실 그는 지조가 없었으며, 다양하고 새로운 느낌을 받는 것에 그 누구보다도 민감했다.

하지만 그러한 단점에도 불구하고 숱한 여인들이 여전히 그를 찬미했다. 그가 자기에게 바른 말을 해주는 이상, 다른 여자들한테 어떤 말을 하든 개의치 않았던 것이다.

6

Miroir ou la
Métamorphose
d'Orante

그 여인들 중에 오랑트에게 유난한 애정을 쏟는 젊고 우아한 여인이 있었다. 가히 당대 최고라고 할 만한 미인이었다.

'자신을 지나치게 사랑하는 사람은 다른 이를 열정적으로 사랑할 수 없다'는 말이 있다. 사랑을 담을 수 있는 심장의 크기는 한정되어 있어서 두 사랑을 동시에 품을 수 없기 때문이다. 이 금언이 옳다는 것은 세상의 숱한 관계들을 보면 알 수 있다. 하지만 오랑트와 칼리스트의 경우는 예외였다.

앞서 얘기한 당대 최고 미인의 이름이 칼리스트다. 칼리스트는 자신을 지나치게 사랑했고 상상 가능한 장점이란 장점은 죄다 자신에게 적용하며 자아도취에 빠졌지만, 그것이

오랑트에게 또 다른 격렬한 애정을 쏟는 데 전혀 문제가 되지 않았다. 외려 그 반대였다. 그녀가 자아도취에 빠지면 빠질수록 오랑트에 대한 사랑도 깊어갔으니까.

일반적인 경우라면 다른 모든 사랑을 파괴했을 자기애가 칼리스트의 가슴속에 오랑트에 대한 사랑을 잉태한 경우라고 할까. 사실 잉태라는 단어를 사용하긴 했지만, 이 사랑이 언제부터 잉태되었는지를 알아내기란 녹록지 않았다. 아무튼 확신할 수 있는 것은 그녀가 아주 어렸을 때부터 오랑트에 대한 사랑이 움텄으며 나이가 들고 미모가 출중해지면서 더욱 견고해졌다는 것이다.

특히 칼리스트가 오랑트에게 집착하게 된 이유는 그녀가 아름답다는 것을 맨 처음 알려 준 이가 바로 그였기 때문이다. 오랑트는 소수만이 그녀에게 관심을 보였을 때부터 그녀가 아름다우며 그녀를 찬미하지 않는 이들이 틀렸다고 단언했다.

하지만 칼리스트가 오랑트에게 완전히 넘어가게 된 계기는 따로 있었다. 어느 날, 오랑트에게 집착하게 된 젊은 애인이 평소보다 몇천 배나 아름다웠고, 오랑트가 그런 그녀의 모습을 적절한 표현으로 탄성이 절로 나오도록 묘사해주었던 것이다. 이후로 칼리스트는 틈만 나면 오랑트에게 달려갔고, 얼마 지나지 않아 오랑트와 꼭 붙어 지내려는 그녀의 열성을 모르는 이가 없게 되었다.

사람들은 오랑트와 칼리스트 사이에 애정이 싹 텄다는 것을 이미 확신했으나, 그들의 확신이 더욱 공고해진 계기가 있었다.

어느 날, 칼리스트는 평소와 다름없이 오랑트의 방으로 들어갔고, 오랑트는 두 창문 사이에 자리 잡고 있었다. 평소 그가 좋아하던 자리였다. 눈을 찌르는 햇빛을 피하기 위해서였을 수도 있고, 얌전한 성격 탓에 그늘이 편했을 수도 있었다. 칼리스트는 햇빛에 적나라하게 노출되는 것도 잊은 채 오랑트에게 다가갔다. 이제껏 상상을 초월하는 세심한 주의를 기울여 햇빛을 피해 왔으면서 말이다.

하지만 그날은 오랑트를 원 없이 보아야겠다는 생각만이

앞섰다. 그녀는 방에 들어선 순간부터 나갈 때까지 오랑트
한테서 눈을 떼지 않았다. 주변의 시선이나 타박쯤은 아무
래도 좋았다.

그녀는 눈으로 오랑트에게 말하는 동시에 귀로는 그의 말
을 듣는 데 열중한 나머지 주위의 다른 이들이 무언가를 물
어도 엉뚱한 대답을 하기 일쑤였다.

하지만 두 사람 사이의 대화는 특별할 것 없는 흔한 내용
이었다. 예컨대 이런 식이었다.

그건 연인들의 사랑 놀음에 지나지 않았죠.

남자가 여자에게 같은 말을 골백번도 더 뇌까렸을 거예요.

그런데도 여자는 번번이 황홀해했죠.

듣고 또 들어도 새로웠으니까요.

남자가 해준 말은, 바로 그녀가 예쁘다는 것.

아름다운 칼리스트의 애정은 세월과 함께 점점 깊어졌다. 이제 그녀는 사랑하는 오랑트와 한시도 떨어져 있을 수 없게 되었고, 어디를 가든 그를 대동했다. 오죽하면 사람들이 그녀가 아예 오랑트의 허리띠에 매달려 산다는* 농담을 했을까.

어쨌든 두 사람은 걸핏하면 방 안에 단둘이 갇혀 얼굴을 맞댄 채 이야기를 나누며 시간을 보냈다. 칼리스트는 조금도 지루해하지 않았다.

---

* 17세기는 아직 거울이 보편화되지 않았으나, 혹여 소지한 사람들은 거울을 허리띠에 매달고 다녔다.

그러던 어느 날, 칼리스트의 연인들 중에서 질투심이 유독 강한 한 남자가 두 사람의 애정행각에 분개하다가 참지 못하고 두 사람이 함께 있는 방으로 쳐들어갔다.

처음엔 반쯤 열린 문틈으로 방 안을 엿보았는데 문가에서는 보이지 않는 누군가와 대화를 나누고 있는 칼리스트만이 보였다.

거리가 너무 먼 탓에 말소리가 들리진 않았으나, 그녀의 얼굴에 피어나는 표정이며 몸짓이며 손짓으로 미루어 보아 사랑의 밀어를 나누고 있다는 것은 짐작할 수 있었다.

때로는 미동도 하지 않은 채 온화하고 조용하고 주의 깊게

이야기를 경청하는 것 같았죠.

그러다가도 미소를 지을 때면

방금 들은 달콤한 말을 품위 있게 인정하는 표정이었고요.

모든 이의 심장을 떨게 만드는 아름답고 사랑스러운 눈동자가

고결하고 기품 있는 도도함으로 반짝거리는가 하면

어느새 도도함을 내팽개친 채

살포시 반쯤 감긴 눈꺼풀 사이로

기다란 한줄기 빛만을 흘리곤 했죠.

연분홍빛 입술은 보일락 말락 달싹거리며

가늘게 파닥이는 심장을 대변했고,

수천 가지 절묘한 방식으로 입가에 흘리는 매력적인 웃음은

여인을 더욱 사랑스럽게 만들었죠.

단정하고 곧은 이마는 연인의 말이 다소 심했다는 듯

노여움을 드러냈다가도 이내 부드럽고 유순해졌어요.

연인이 침묵하기를 요구하는 한편으로

그의 얘기를 듣고 싶어하는, 갈팡질팡하는 표정이었다고 할까요.

정열의 열꽃이 얼굴에 번지면

정숙하고 조심스런 수치심에 손으로 얼굴을 가리려 했어요.

하지만 가슴속에서 절로 새어 나오는 가느다란 한숨이야말로

타오르는 정열의 생생한 증거였죠.

영혼의 비밀이 드러났다고 할까요.

하지만 칼리스트의 그 모든 다감하고 열정적인 동작엔 아무 의미도 없었다. 오랑트를 대하는 그녀의 태도는 단지 그 시간을 즐기고 자기가 어떤 모습인지 알기 위한 욕망에서 비롯된 것이었기 때문이다.

그러나 그녀의 몸짓 하나하나를 곧이곧대로 해석한 질투심 강한 연인은 더는 참을 수 없었다. 운 좋은 경쟁자에 대해 아무것도 알지 못한 채 무턱대고 증오했다고 할까.

남자의 얼굴에는 열꽃이 번졌고 눈동자는 이성을 잃었다. 그는 분노로 정신이 나간 사람의 발걸음으로 성큼 방 안에 들어섰다가, 칼리스트와 단지 점잖게 이야기를 나누고 있을 뿐인 오랑트를 발견하자 어안이 벙벙해졌다. 더 정확히는 분노가 눈 녹듯 사라져 버렸다.

오랑트는 매우 늠름하고 잘생긴 사내였음에도 여성과 단둘이 있는 사내에게 느껴지는 위험을 풍기지 않았다. 그는 언변이 뛰어났고, 그게 다였다. 연인들에게 무엇보다 위험하고 아슬아슬한 순간인 그토록 어두운 곳에 단둘이 남게 된 때에도, 그가 아무 짓도 하지 않을 사내란 것이 너무도 분명했다. 어느 정도냐 하면 오랑트가 여인들의 방에서 숱한 밤

을 보낸다 한들 아무도 그와 그 여인 사이에 불미스러운 일이 있었을 거라고 의심하지 않았다.

오랑트는 조금도 당황하지 않은 채 질투에 눈 먼 애인의 무례한 행동을 조롱했다. 그에게 순진하고 우스꽝스러운 자신의 모습을 묘사해 준 것과 동시에, 존경을 바쳐 마땅한 사랑하는 여인의 방에 얼빠진 표정으로 침입한 행위가 상스럽다는 것을 일깨웠다.

질투에 눈 먼 연인은 부끄러워했고, 칼리스트는 당황했다. 하지만 이내 새로 들어온 연인과 새로운 대화를 나누기 위해 오랑트를 떠났다. 질투에 눈 먼 연인도 실은 우아하고 재치 있는 남자로 오랑트만큼이나 기분 좋은 찬사를 그녀에게 바쳤기 때문이다. 게다가 그는 칼리스트가 평소보다 미모가 떨어지는 날에도 변함없이 기분 좋은 찬사를 바쳤기에 그녀는 미련 없이 오랑트를 떠날 수 있었다.

오랑트는 칼리스트가 초췌해 보인다든지 안색이 창백하다든지 눈이 때꾼하면, 그 즉시 바른말을 하지 않고는 못 배겼다. 그런 정직함은 사실 그다지 예의바른 행동은 아니었다. 결국 오랑트는 그 정직함으로 인해 호된 대가를 치르게 된다. 바로 사랑하는 이의 손에 죽음을 맞게 되니까.

　어쨌든 그때까지 칼리스트가 가장 애착을 보이는 사람은 오랑트였고, 그것은 그녀가 그를 꾸준히 찾아가는 것으로도 증명되었다.

9

Miroir ou la
Métamorphose
d'Orante

어느 날, 칼리스트가 몸져누워 고열에 시달렸다. 의사의 말로는 고열 이상의 중병이었다.

목숨이 위태로운 것은 물론, 잔인하고 가혹하리만치 미모가 손상되었기에 아름다운 여인에게는 가히 치명적이라 할 만했다. 따라서 자칫 환자의 안정을 방해할지도 모르는 것들은 죄다 멀찌감치 치워 두어야 했다. 가령 오랑트라든지.

처음에는 의사가 당부한 금기사항을 지키는 것이 그리 어렵지 않았다. 몸이 심하게 아프면 자기 자신 외에 다른 것들을 생각하기 어려운 법이니까.

하지만 일단 위험한 고비를 넘기고 나자 칼리스트는 사랑하는 오랑트를 만나지 못해 안달이 났고, 하녀들에게 그를

데려오라고 수백 번도 넘게 졸랐다. 사정도 하고 협박도 해 보았으나 소용이 없었다. 그런 상태로 오랑트를 만나서 이로울 것이 없었기 때문이다.

그녀는 모진 병마로 인해 알아볼 수 없으리만치 변해 있었다. 그녀를 가까이에서 본 사람들은 등골이 오싹해질 정도로 흉측해진 모습에 놀람을 금치 못하면서도, 행여 상처가 될세라 아무 내색도 하지 않았다. 그저 얼굴이 조금 붓고 불그스름할 뿐, 변함없이 아름답다고 말해줄 뿐이었다.

하지만 칼리스트는 사람들이 자신을 배려하여 빈말을 하는 것이고, 진실을 말해줄 사람은 세상에 오직 한 명, 충직한 오랑트뿐이라고 생각했다.

10

Miroir ou la
Métamorphose
d'Orante

오랑트를 만나는 순간을 손꼽아 기다리던 그녀에게 기회가 찾아왔다. 집안의 하녀들이 모두 그녀의 곁을 떠나 있어 혼자가 된 것이다.

조바심을 이기지 못한 그녀는 침대에서 일어나 치마만 두른 채, 오랑트가 자신을 기다리고 있을 응접실로 달려갔다. 아니나 다를까, 그곳에서 오랑트가 테이블에 몸을 기댄 채 그녀가 불러주기만을 이제나저제나 기다리고 있었다.

칼리스트는 그에게 다가갔다. 마침내 그를 만난 한없는 반가움과 행여 불쾌한 소리를 듣는 것은 아닐까 하는 두려움이 절반씩 섞인 심정이었다.

아아, 그런데 그 무슨 불행한 대면이었을까!

결국 그 만남은 두 사람 모두에게 잔인한 결과를 낳고 말았다. 칼리스트는 오랑트의 정면이 아닌 등 뒤로 불쑥 나타났고 그 바람에 깜짝 놀란 그가 그녀로서는 생소한 무례한 말을 쏟아 냈다.

바로 몰골이 섬뜩하다는 말을.

칼리스트가 느낀 분한 마음과 고통은 이루 말할 수 없었다.

그녀는 오랑트한테서 화들짝 물러났다. 그가 방금 뱉어 낸 생소하고 경악스러운 말이 도무지 믿기지 않았다.

그녀는 그가 과연 또다시 무례를 범할 것인지 시험하고자 분노의 불길에 휩싸여 덜덜 떨며 그에게 다가갔다.

하지만 오랑트는 조금 전 내뱉었던 말을 차분하고 또렷하게 다시 들려주었을 뿐만 아니라, 그토록 흥분해서는 이로울 게 없다는 충고까지 덧붙였다. 극심한 감정의 변화로 인해 얼굴이 더욱 흉측하고 섬뜩해진다면서.

가련한 칼리스트가 외쳤다.

"아! 해도 너무 하는군. 더 이상 참을 수 없어. 곧 후회하게 해 줄 거야. 그런 말을 지절거리는 것도 이제 끝이야!"

칼리스트는 말이 끝나기가 무섭게 테이블 위에 있던 머리 핀을 집어 들어 가련한 오랑트를 힘껏 찔렀다. 연약한 여인의 힘이었고 무기도 그다지 위험한 것이 아니었으나, 상처는 치명적이었다.

가련한 오랑트는 죽어가면서도 칼리스트가 눈앞에 있는 한 진실을 말하기를 멈추지 않았다. 평소처럼 말소리가 또렷하지도 않았고 한꺼번에 여러 가지를 표현하려 한 나머지 내용도 모호했으나, 그럼에도 입을 달싹일 힘이 남아 있는 한 멈추지 않았다.

한편 아름다움이 없이는 한시도 살 수 없어서 아름다움이 있는 곳이라면 어디든 찾아다니는 사랑의 신은 며칠 전부터 칼리스트를 떠나 있었다.

하지만 이제껏 덕을 보았던 사람, 자신을 무수한 심장들의 주인으로 만들어주었던 여인을 아예 나 몰라라 할 수는 없었다. 따라서 그는 칼리스트를 떠난 뒤에도 종종 찾아와 그녀의 안부를 살피곤 했다.

만일 그 작은 사랑의 신이 사건이 벌어지던 그 순간, 그곳에 있었다면 오랑트를 구하고도 남았을 것이다. 그도 오랑트를 좋아했기 때문이다.

하지만 그가 도착했을 때는 불행히도 이미 사건이 벌어지고 난 뒤였다. 손을 쓰기에는 너무 늦었다. 오랑트의 아름다운 영혼은 이미 공중으로 날아올라 갔고 남은 것이라곤 핏기가 가시고 미동도 하지 않은 채 얼음처럼 싸늘해진 육체뿐이었다.

그 슬픈 광경에 사랑의 신은 못내 안타까워하며 상실감에 젖은 한숨을 내쉬었다. 그는 오랑트를 통해서 수많은 사람들이 사랑받는 기술을 터득했음을 떠올렸다. 못생긴 여인조차 오랑트의 조언으로 외모를 가꾸어 뭇 남성들에게 사랑의 고통을 안길 수 있었다. 오랑트가 없었더라면 어림도 없는 일이었다.

결국 사랑의 신은 자신의 제국의 번영과 영광을 위해 가장 필요한 일등 공신을 잃은 셈이었다. 사람들이 상대를 굴복시키고 마음을 정복할 수 있도록 나름의 매력을 계발하고 용모를 가꾸게 하는 데 오랑트보다 더 유능한 일꾼은 없었다. 어느 면으로는 자신을 사랑한 여인을 그토록 잔인하게 모욕했으니 처벌받아 마땅했고 그렇게 정의가 바로 선 것은 다행스러운 일이긴 했지만 말이었다.

오랑트는 세상의 많고 많은 법칙 중에서도 가장 중요하고 반드시 지켜야만 하는 법칙을 아무 거리낌 없이 어겼다. 바로 여인들에 대해서는 절대로 나쁘게 말해서는 안 된다는 것을. 특히 면전에서는 말이었다.

어쨌든 사랑의 신은 오랑트를 다시 살리고 싶었으나 그것은 그의 능력 밖의 일이었다. 그가 할 수 있는 일이란 그저 오랑트의 시신이 부패하지 않은 채 영혼이 담겼을 때와 똑같은 상태를 유지하게 해주는 것이 전부였다.

그가 주문을 외우자마자 오랑트의 시신이 점차 인간의 형체를 잃어가며 매끄럽고 맑게 반짝였다. 어찌나 투명했던지 앞에 비친 물체란 물체는 죄다 똑같이 형상화할 수 있을 정도였다. 오랑트가 살아생전에 눈앞에 보이는 모든 대상을 있는 그대로 묘사했던 것처럼.

오랑트에 비친 자신을 본 사랑의 신은 깜짝 놀랐다. 그는 활을 들고 화살통을 맨 자신의 모습에 연신 감탄을 금치 못하며, 오랑트에게 더욱 바짝 다가가 요모조모 비추어 보았다.

저토록 아름답고 매력적인 존재는 난생 처음 본다는 생각마저 들었다. 기분이 좋아진 그는 히죽거렸다.

그는 기쁨과 영광으로 충만하여

자신의 상앗빛 이마를 바라보는가 하면

부드럽게 반짝이는 눈동자를 들여다보았어요.

최고로 용맹한 자도 벌벌 떨게 만들

무언의 언어인 두 눈동자가

그 어떤 연설보다 웅변적이었죠.

완전무결한 입술이며,

자기 자신도 반할 만한

웃음과 해맑은 우아함을 보았어요.

장밋빛과 백합빛 얼굴에

물결처럼 흐늘거리는

헝클어진 머리칼을 보았죠.

광채를 내며 갖가지 색깔로 변화하는

날개의 깃털도 보았어요.

탄성이 절로 나올 만큼 매력적이었죠.

저로록 아름다운 날개를

왜들 못마땅해하며 없애라고 하는 건지

이해할 수 없었죠.

어디서든 승자가 되게 하는,

자그마한 황금빛 화살들과

빽빽한 화살통도 보았어요.

어디서 날리든 어김없이 심장을 관통하는 화살은

사랑의 순교자를 무력화시키죠.

변덕스러운 사랑의 신은

자신을 거울에 비춰 보며

자신과 사랑에 빠졌어요.

열정으로 타는 가슴에 극도의 기쁨이 느껴졌고

자신을 바라보는 반쪽이

나머지 반쪽을 더욱 아름답게 만들었죠.

그렇게 아름다운 두 영혼이

상호적인 열정으로 동시에 불타오르며

사랑은 궁극의 기쁨이 되었어요.

가슴속에 놀라운 희열이 번졌죠,

자신과 똑 닮은 반쪽을 찾는 것보다

더 매혹적인 일은 결코 없을 테니까.

　사랑의 신은 거울에 비친 자신의
모습에 도취된 나머지 오랑트가 죽
었다는 사실도 까맣게 잊었다. 더
구나 오랑트가 거울로 변신한 마
당이니만큼 슬퍼할 이유가 없었다.
이대로라면 오랑트가 그에게 더욱
더 유용해질 것이고, 생전과 똑같
은 임무를 수행할 수 있으리라 여
겼기 때문이다.

Miroir ou la
Métamorphose
d'Orante

언변이 뛰어난 사나이의 이야기는 그렇게 끝이 났다.

사람들은 몹시 흡족해했고, 이야기의 주제와 관련된 대화가 꼬리에 꼬리를 물었다.

오랑트의 불행한 운명에 대해 저마다 한마디씩 보탰다. 오랑트는 진정으로 위대한 포르트레 작가였으나, 그럼에도 완벽한 예술의 경지에는 이르지 못했다는 것이 대부분의 의견이었다.

포르트레 예술에는 오랑트처럼 눈에 보이는 모든 것을 무차별적으로 묘사하는 신속하고 정확한 표현력뿐만 아니라, 그것들을 적절하게 표현하는 올바른 방식과 똑같은 것들 속에서도 옥석을 가리고 할 말을 취사선택하는 명석한 판단력도 요구되기 때문이다.

오랑트는 대상을 묘사하며 불쾌하거나 불필요해서 생략해야 할 진실까지도 늘어놓았고, 가볍게 스치고 넘어갈 부분까지도 시시콜콜 파고들었다.

사람들은 오랑트 이야기에서 모든 대상에는 다양한 면이 존재하고 그들을 바라보는 시각에도 다양한 방식이 존재하므로, 늘 긍정적인 시각으로 긍정적인 면을 바라보려 애써야 한다고 생각했다.

『거울이 된 남자』
작품 해설

『거울이 된 남자』

—

샤를 페로와 그의 시대

—

『페로 동화집』

—

갈랑트리 문학과 『페로 동화집』 사이의
『거울이 된 남자』

—

해설을 마치며

Miroir ou la
Métamorphose
d'Orante

『거울이 된 남자』

●●● 세상에서 가장 재미있는 이야기는 무엇일까. 아마 자신에 대한 이야기가 아닐까. 칭찬이든 지적이든, 장점이든 결점이든 언제나 솔깃하고, 애쓰지 않아도 머릿속에 가슴속에 절로 각인되는 이야기. 곱씹고 되씹고 때로 재생산하게 되는, 자신을 비추어주는 이야기. 그러니 이기적인 우리의 세상에서 타인의 진정 어린 시선을 나누어받고 싶다면 우리는 어쩌면 거울로 변장해야 하는지도 모른다.

『거울이 된 남자』는 그렇게 거울처럼 대상을 있는 그대로 묘사할 수 있는 뛰어난 능력으로 사람들, 특히 여인들의 사랑을 한몸에 받았다가 급기야 거울이 되어 버린 남자 오랑트의 이야기다.

누구든 원하기만 하면 오랑트 앞에 서는 것만으로 단번에 자신이 어떤 모습인지 이야기를 들을 수 있었다. 하지만 오랑트는 그보다 더 놀랍고 독보적인 재능이 있었다. 바로 육체와 동시에 영혼까지 묘사하는 것. 그는 대상의 세세한 동작이며 표정을 남김없이 묘사한 나머지, 육체를 조종하는 영혼마저 고스란히 드러냈다. 예컨대 여인의 눈을 묘사한다면, 눈이 깜박거리는 정도와 사물을 바라보는 방식을 매우 세밀하게 그려내어 그녀가 정숙한지 애교스러운지, 어리석은지 총명한지, 침울한지 쾌활한지가 훤히 보였다. 대상의 본성이 투명하게 드러났다고 할까.

『거울이 된 남자』의 원제목은『거울, 또는 오랑트의 변신Miroir ou la Métamorphose d'Orante』이다.『잠자는 숲속의 공주』,『신데렐라』,『장화 신은 고양이』등의 고전동화로 잘 알려진, 아니 실은 작품의 유명세에 비해 이름이 충분히 알려지지 않은 '동화의 아버지' 샤를 페로Charles Perrault가 무려 1661년에 집필한 작품이다. 페로를 명실상부 세계 최초의 아동문학가 반열에 올린『페로 동화집(여덟 편의 산문동화가 수록되었고 원제목은『이야기, 또는 지난 시절의 콩트Histoires ou Contes du temps passé』이다)』이 1697년에 출간되었으니 그보다 36년이나 앞서 발표되었다.

그렇다면 대체 왜 새로운 이야기와 다양한 볼거리가 넘쳐나는 이 21세기에, 굳이 17세기까지 거슬러 올라가 구석에 꽁꽁 파묻힌 이야기의 먼지를 탈탈 털어서 바랜 곳은 덧칠하고 낡은 곳은 개보수를 하여 세상에 내놓은 것일까. 시대는 당연히 변했으나 인간은 여전히 인간이고 자연은 아직 역사를 키워온 법칙과 격

언들에 의해 지배되며 거울의 상징성을 통한 이 이야
기의 교훈은 오늘날에도 시리도록 유효하기 때문이다.
무엇보다 재미있기 때문이고, 『페로 동화집』을 태동시
킨 씨앗을 엿볼 수 있기 때문이다.

『거울이 된 남자』의 이야기는 화자가 살롱_salon *에 참
석했다가 언변이 맛깔스러운 한 참석자로부터 전해들
은 이야기를 전달하는 형식으로 펼쳐진다.
　지금은 거울이 되어버린 포르트레의 대가가 있었
다. 오랑트라는 이름의 그 남자는 거울로 변하기 전까
지, 하도 정밀하고 세세해서 영혼마저도 낱낱이 드러
내는 포르트레로 명성을 떨쳤고, 그의 주위는 늘 그에

---

* 17세기에 유행한 사교모임으로, 앙리 4세가 종교전쟁을 거치며 거칠어
진 귀족들의 예절과 말씨를 정련시키고자 궁정 안에 개최한 것이 시초이
다. 이후 귀족부인들이 자기 집 객실에 문화계 명사들을 초청하여 문학이
나 도덕에 관한 자유로운 토론이나 작품 낭독 및 비평의 자리를 마련하며
확산되었다. 살롱을 통해 포르트레, 잠언, 우화, 동화 등이 문학 장르로 발
전했다.

게 자문을 구하는 여인들로 붐볐다. 하지만 그는 표현력에 비해 기억력과 판단력이 심각하게 뒤떨어졌다. 따라서 자신이 알고 있는 사실이 상대에게 이로운지 해로운지, 말을 해야 하는지 침묵해야 하는지 전혀 구분하지 못했다.

그에겐 세 명의 남동생이 있었다. 그들도 형과 마찬가지로 포르트레를 했지만 형만큼 정교하고 능숙하지 못했다.

세 동생 중 하나는 몸이 앞으로 굽었고 다른 하나는 뒤로 굽었다. 나머지 동생은 자세가 하도 엉거주춤해서 몸속에 막대기라도 박혀 있는 것 같았다.

몸이 뒤로 굽은 동생은 대상을 늘 실제보다 부풀리며 과장하기를 좋아했고, 몸이 앞으로 굽은 동생은 반대로 대상을 늘 실제보다 작고 왜소하게 묘사했다. 셋째 동생은 이 두 동생들보다도 더 한층 기이했는데, 반듯한 사람을 전혀 알아볼 수 없는 괴물로 만들어놓는가 하면 반대로 일그러진 사람은 멀쩡하게 꾸며 미화했다. 서툴고 독특한 세 동생은 여인들에게는 인기가 없었지만 호기심이 왕성한 학자들의 연구소에선 열렬하게 환영받았다.

세 동생이 연구소에서 수학연구에 전념하는 동안, 오랑트는 여인들의 규방을 벗어나지 못했다. 여인들은 정직하다 못해 무례한 오랑트의 말에 상처 받았지만 꾸준히 그를 다시 찾았다. 그에게 어쩌다 듣는 칭찬이 비할 바 없이 행복했기 때문이다. 여인들은 이제 오랑트의 의견을 듣지 않고는 자세며 행동거지며 옷차림 등 어떤 결정도 내리지 못했다.

오랑트에게 애정을 쏟는 여인 중에 당대 최고의 미인인 칼리스트가 있었다. 오랑트는 그녀가 아름답다는 것을 맨 처음 알려준 사람이었고, 그때부터 칼리스트는 오랑트에게 집착한다.

칼리스트는 오랑트와 늘 붙어다녔다. 이제는 두 사람의 관계에 대해 모르는 사람이 없게 되었지만 사람들의 확신이 더욱 굳어진 계기가 있었다. 어느 날, 오랑트가 두 창문 사이에 자리 잡고 있어서 칼리스트는 햇빛에 적나라하게 노출된 채로 오랑트에게 다가갔고 자신의 아름다움을 탄성이 절로 나올 만큼 자세하게 묘사해주는 오랑트에게서 한시도 눈을 떼지 못한다. 이제 두 사람은 동석한 사람들은 아랑곳하지 않은 채 세상에 오직 단둘뿐인 것처럼 행동하게 되었다.

칼리스트의 애정은 나날이 깊어갔다. 오랑트의 정직함은 문제가 되지 않았다. 그녀는 언제나 완벽했으니까.

그런데 칼리스트가 몸져누우며 미모도 치명적으로 손상되었다. 그녀는 오랑트와 격리되었고, 모진 병마로 흉측해졌지만 주위에서는 아무 내색도 하지 않은 채 변함없이 아름답다고 말해주었다. 하지만 칼리스트는 그들이 자신을 배려하여 빈말을 하는 것이고, 진실을 말해줄 사람은 세상에 오직 한 명, 충직한 오랑트뿐이라고 생각했다.

마침내 혼자가 된 어느 날, 칼리스트는 오랑트에게

달려갔다. 그를 만난 한없는 반가움과 행여 불쾌한 소리를 듣는 것은 아닐까 하는 두려움이 절반씩 섞인 심정으로.

불행이 시작되었다. 오랑트는 평소 성정대로 솔직하지만 그녀로서는 생소할 따름인 무례한 말을 거침없이 쏟아냈다. 몰골이 섬뜩하다는. 재차 물어도 더욱더 냉정하고 무례하게 같은 말을 반복하는 오랑트에게 분노가 치민 칼리스트는 그만 머리핀을 집어 들어 오랑트를 찌른다.

뒤늦게 도착한 사랑의 신이 이미 육체에서 영혼이 빠져나간 오랑트를 애도한다. 그는 자신의 제국의 번영과 영광을 위해 헌신했던 유능한 일꾼을 되살리지는 못할지라도, 생전의 육신이나마 유지해주고자 주문을 외웠다. 순간 오랑트는 인간의 형체를 잃으며 매끄럽고 맑은 물체가 되었다. 눈앞의 물체를 그대로 비추는 거울이.

오랑트, 즉 거울에 비친 자신을 본 사랑의 신은 자신

의 아름다운 모습에 넋이 나가 오랑트의 죽음으로 인한 슬픔 따위는 까맣게 잊었다. 더구나 오랑트는 변신한 상태로 살아 생전보다 더욱 유용할 터였다.

언변이 뛰어난 사나이의 이야기가 끝이 났다.

살롱의 참석자들은 포르트레 예술에는 오랑트와 같은 정확한 표현력뿐만 아니라 그것들을 적절하게 표현하는 올바른 방식과 할 말을 취사선택하는 명석한 판단력도 요구된다는 데 입을 모았다. 그들은 오랑트의 이야기에서 모든 대상엔 다양한 면이 존재하고 그들을 바라보는 시각에도 다양한 방식이 존재하므로, 늘 긍정적인 시각으로 긍정적인 면을 바라보려 애써야 한다는 결론을 내렸다.

오랑트는 포르트레 작가라는 노골적인 비유와 그보다 더 노골적인 사후 변신이 시사하듯 거울의 상징이다.

그의 형제들은 각각 볼록거울, 오목거울, 원통형 거

울을 의미한다. 사형제 중 오직 오랑트만이 대상을 왜곡하지 않고 있는 그대로 반영하지만, 나머지 형제들도 대상과 반영 사이의 비적합성을 환기시키고, 바로 그 차이에 의해 대상의 정체성을 오랑트와 다른 방식으로 반영한다. 그들이 연구실에서 각광받은 사실은 17세기에 활발한 연구가 이루어진 광학에 대한 암시이다. 수학자이자 철학자였던 데카르트는 광학, 기하학, 기상학의 과학적 진리에 의해 『방법서설』에 이르기도 한다.

오랑트는 뛰어난 표현력과 정확한 묘사력을 겸비했지만, 판단력이 부족했고 대상의 단점에 대해서 가차없었으며 그 때문에 불행을 자초한다.

칼리스트는 오랑트를 통해 처음으로 자신의 미모를 의식한 뒤 오랑트에게 집착에 가까운 애착을 보이다가, 어느 날 환한 햇빛 아래서 오랑트에 비친 자신을 본 순간 시선을 떼지 못한다. 이제 그녀한테는 오랑트 외에는 아무것도 보이지 않고 오랑트가 하는 말 외에는 아무것도 들리지 않는다. 두 사람은 서로에게 절대적인 관계가 된다.

'자신을 지나치게 사랑하는 사람은 다른 이를 열정적으로 사랑할 수 없다'는 말이 있다. 사랑을 담을 수 있는 심장의 크기는 한정되어 있어서 두 사랑을 동시에 품을 수 없기 때문이다. 이 금언이 옳다는 것은 세상의 숱한 관계들을 보면 알 수 있다. 하지만 오랑트와 칼리스트의 경우는 예외였다. (중략) 칼리스트는 자신을 지나치게 사랑했고 상상 가능한 장점이란 장점은 죄다 자신에게 적용하며 자아도취에 빠졌지만, 그것이 오랑트에게 또 다른 격렬한 애정을 쏟는 데 전혀 문제가 되지 않았다. 외려 그 반대였다. 그녀가 자아도취에 빠지면 빠질수록 오랑트에 대한 사랑도 깊어갔으니까.

당연하다. 칼리스트가 사랑한 것은 엄밀히 말해서 오랑트가 아니라 오랑트가 반영하는 자기 자신이었으니 말이다. 칼리스트는 자기애의 화신이었고, 자기애와 오랑트에 대한 사랑은 비례했다.

그런데 칼리스트가 열병으로 몸져눕게 된다. 병마로 인한 미모의 손상은 치명적이었고, 너무 솔직해서 불필요한 진실까지 거리낌 없이 내뱉는 오랑트의 태도는 불행을 초래한다. 하지만 반영하는 대상을 위해 언제든 사라지는 것이 거울의 속성이 아니던가. 분노가 머리끝까지 치민 칼리스트에게 죽임을 당한 오랑트는 사랑의 신의 마법으로 거울이 된다.

페로는 이 결말에서 살롱에 모인 좌중의 입을 빌어 솔직한 표현의 수위를 조절하는 판단력과 대상의 다양한 면들을 긍정적인 시각과 사고로 바라보는 균형을 교훈으로서 강조한다.

마법을 곁들여 교훈을 끌어내는 짧은 이야기, 즉 동화를 구성하는 페로의 재능은 『거울이 된 사나이』에서 이미 엿보인다. 교훈으로 이야기를 마무리하는 방식까지. 『페로 동화집』에 수록된 여덟 편의 동화들엔 말미

마다 '교훈Moralité과 '또 다른 교훈Autre Moralité'이 제시되는데, 대략 '교훈'으로 이야기 전체를 관통하는 보편적인 교훈을 제시한다면 '또 다른 교훈'으로는 지엽적이고 부분적이며 주관적인 교훈을 제시한다.

만일 『거울이 된 남자』가 『페로 동화집』에 수록되었다면 균형의 중요성을 환기시키는 '교훈' 외에 '또 다른 교훈'은 어떤 것이 되었을까. 독자들 각자 생각해볼 수 있을 것이다. 역자가 감히 제안한다면 칼리스트의 태도에 주목한 지나친 자기애에 대한 경계를 이야기하고 싶다.

거울보다 더 노골적으로 자기애를 상징할 수 있는 물체가 있을까. 물에 비친 자신의 모습에 반해 물에 빠져 죽은 나르시스 신화를 보라. 물은 인류 최초의 거울이었다. 아마 물도 거울처럼 가지고 다닐 수 있었던들 나르시스가 물에 빠져 죽는 일은 없었을 것이다.

칼리스트의 오랑트에 대한 사랑은 자기애나 다름없기 때문에 당연히 그녀가 자신을 사랑하면서도 오랑트에게 또 다른 격렬한 애정을 쏟는 데 아무 문제가 되지 않았다. 이는 비단 칼리스트에게만 해당되는 것이 아니라 오랑트에게 자문을 구했던 모든 여인들에게 해당된다. 세상의 어떤 거울도 못생긴 여자를 비추지 않는다. 누구나 거울을 보며 자신의 얼굴에서 만족스러운 점을 발견하기 때문이다. 그들은 직설적이고 솔직한 오랑트에게 상처받기도 하지만 그만큼의 만족감을 얻는다. 그들은 모두 오랑트를 보는 것이 아니라 오랑트를 통해 자신을 보는 것이다.

> 거울을 들여다보며 부수고 싶다면 거울을 부수기보다
> 는 당신 자신을 바꿔야 한다.
>
> — 익명, 기욤 뮈소 『사랑하기 때문에』 중에서

정신분석학자 라캉은 인간의 발달단계 중에 생후 6개월에서 18개월까지를 타자를 사랑할 수 있는 능력이 결여된 '거울의 단계'로 보았다.

생후 자기 몸의 일부를 사랑하다가 거울에 비친 자신의 전체 모습을 보면서 자신의 몸 전체를 사랑하게 되는 나르시시즘적 단계라는 것이다. 건전한 아동은 이 나르시시즘적 단계를 극복하고 자기애를 다른 대상에 대한 사랑으로 발전시킨다. 자아본능 혹은 자기애의 만족에서 벗어나 독립적인 인격을 갖추게 되는 것이다.

　　유독 아름다웠던 칼리스트는 자기애를 다른 대상으로 발전시키지 못한 유아단계에 머물렀다. 그녀는 자신의 반영이자 분신이었던 오랑트를 죽이는 자기 파괴라는 형식으로 사랑을 완성하며, 이 사랑은 비극인 것이다.

Miroir ou la
Métamorphose
d'Orante

샤를 페로와 그의 시대

●●● "나는 1628년 1월에 쌍둥이로 태어났다." 샤를 페로는 임종 전에 써내려간 『내 생의 비망록*Mémoires de ma vie*』을 이렇게 시작한다. 위로 네 명의 형들이 있었고, 쌍둥이 형제는 태어난 지 여섯 달 만에 사망했다. 지금은 당연하게 여겨지는 아동 교육의 중요성이 대두된 시기였다. 교육에 관한 저서들이 생겨나고, 그때껏 단지 '몸집이 작은 어른'일 뿐이었던 어린이에 대한 개념이 '보호해야 할 정신적, 육체적으로 연약한 존재'

라는 근대적 개념으로 진화하기 시작했으며, 부르주아 계급을 중심으로 점차 취학하는 아동들이 증가했다.

부르주아 가문 출신으로 파리 고등법원의 검사였던 페로의 아버지는 아내와 함께 자녀교육에 각별한 관심을 기울였고, 따라서 페로도 가정 수업을 거쳐 파리의 보베 학교에서 문학과 철학을 공부했다. 그는 뛰어난 학생이었으나 교수와 언쟁 끝에 학교를 떠나 홀로 고전을 섭렵하며 독학했다. 이미 시와 토론에 능했던 그는 당시 라 브뤼에르(『성격론』), 라 로슈푸코(『잠언』), 라 퐁텐느(『우화』)로 대표되는 17세기 모랄리스트 문학의 보금자리가 된 살롱에서 두각을 드러냈다.

페로의 형들도 각각 법조인, 세금징수관, 의사이자 건축가, 신학자의 길을 걸었다. 덕분에 페로는 인맥과 파벌이 절대적이었던 당시 사회에서 법학박사 학위를 받고, 당시의 재무대신 콜베르Colbert의 신임을 얻을 수 있었다.

페로는 왕실에서 콜베르를 보좌하며 분야가 전혀

다른 다양한 임무들, 즉 왕궁 건축부터 베르사유 궁전 정원의 수로水路 관리, 회화에 관한 토론회, 왕의 영광을 고취하기 위한 시작詩作, 왕실 관련 금언 창작, 이탈리아에 프랑스 예술가 파견까지 그야말로 왕실과 관련된 전방위의 임무를 수행하면서 17세기 중기의 과학기술 및 학문, 예술 정책의 핵심적 역할을 담당했다. 그는 누구나 가까이 하고 싶어 하는 권력의 실세였고, 그 권력의 정점으로서 마침내 프랑스 아카데미의 회원 자리에 올랐다.

프랑스 아카데미 회원이 된 페로는 철자의 현대화에 착수하여 일부 낡은 형식을 삭제하고 라틴어의 영향에 매몰돼 있던 프랑스어를 자유롭게 해방시켰다.

뿐만 아니라 그는 건축과 과학에도 깊은 관심을 가졌다. 또한 당대의 과학과 기술, 문학과 예술이 고대인들의 그것보다 우월하다고 주장하는 시 「위대한 루이 왕의 세기」를 낭독함으로써 신구논쟁의 도화선에 불을 붙였다. 라신느, 부알로, 라 퐁텐느, 라 브뤼에르 등

프랑스 문학사에서 당당히 한 자리를 차지하는 빛나는 이름들이 고대 문학의 절대적인 우월성을 주장하며 페로와 대립했다. 결국 근대파를 대표하는 페로와 고대파를 대표하는 부알로가 아카데미에서 표면적으로 화해하면서 격렬했던 신구논쟁은 종식되었지만, 17세기 과학기술의 발전에 근간을 둔 근대파의 진보정신은 다음 세기의 계몽주의에 지대한 영향을 끼쳤다.

『페로 동화집』은 그 신구논쟁의 여파 속에서 탄생한 근대적이고 진보적인 창작물이다. 비록 자녀 교육이라는 지극히 보수적인 목적이 탄생 배경이지만 말이다.

아카데미 회원이 된 이듬해 44세의 페로는 19세의 마리 기숑Marie Guichon과 결혼했다. 하지만 6년 뒤 마리 기숑이 세 아들과 딸 하나를 남기고 요절하면서 네 자녀의 양육과 교육은 오롯이 페로의 몫이 되었다. 와중에 콜베르와의 관계가 와해되면서 서서히 입지가 줄어들던 페로는 콜베르의 사망으로 아예 모든 공직에서 물러났고, 자녀 교육에 본격적으로 집중한다.

『페로 동화집』

●●● 페로는 당시 살롱에서나 거론되며 진지한 문학으로 간주되지 않았던 민담이나 구전동화 중에서 교훈을 이끌어낼 만한 이야기와 모티브들을 골라 이를 바탕으로 체계적인 형식을 갖춘 동화를 집필했다. 세 편의 운문 동화가 순차적으로 발표된 뒤, 셋째 아들 다르망쿠르D'armancourt의 서명으로 여덟 편의 산문 동화가 수록된 『페로 동화집』이 발간되었다. 구전동화를 체계적으로 활자화한 이 세계 최초의 동화집은 페로의 자

녀들뿐만 아니라 시대와 지역을 초월하여 오늘날 전 세계 어린이들의 초기 교육에 이용되고 있다.

이렇듯 17세기에도 "옛날 옛적에……."로 시작하고 오늘날에도 "옛날 옛적에……."로 시작하는 이 여덟 편의 이야기들, 「잠자는 숲속의 공주」, 「빨간 모자」, 「푸른 수염」, 「장화 신은 고양이」, 「요정들」, 「신데렐라」, 「도가머리 리케」, 「엄지 동자」는 우리나라를 비롯해 전 세계에서 가장 널리 읽히고 알려진 프랑스의 고전일 것이다. 아니, 어쩌면 가장 널리 알려졌으나 가장 제대로 읽히지 않은 고전이라고 하는 것이 옳을지도 모르겠다. 각 나라에서 본래의 형태였던 구전으로, 또 갖가지 조합의 단행본으로, 영화, 드라마, 만화 등 다른 예술의 서사로 무수히 번역·개작되었고 앞으로도 그럴 것이기 때문이다.

우리나라에 소개된 대부분의 버전에서는 생략되었지만, 앞서 언급했듯 『페로 동화집』 원문은 여덟 편의 동화마다 페로가 제시하는 '교훈'과 '또 다른 교훈'이

끝머리를 장식하고 있다. 페로는 이 교훈들에 효과적으로 도달하기 위해 이야기를 구성하고 있다. 문체는 유려하고, 동화의 전형적인 요소들, 즉 왕자와 공주, 의인화된 동물, 식인귀, 요정, 마법적 특성이 있는 물건 등이 등장하지만 그 상징성으로 이야기를 황홀하게 만드는 것일 뿐 판타지적 요소는 의외로 절제되어 있다.

프랑스문학 비평가인 장 피에르 콜리네Jean-Pierre Collinet에 따르면 '페로는 판타지 작가가 아니었다. 그는 절대 예쁘기만 한 이야기들로 아이들을 잠재우려하지 않았다. 그는 인격의 완성을 위해 방향을 제시하고 교육하려는 목적으로 마법적 요소들을 이용한 모랄리스트'였다.

예컨대 페로는 「빨간 모자」에서 다정하고 상냥한 늑대들이 가장 위험하다는 교훈을 제시하고 있고, 이 교훈의 경각심을 극대화하기 위해 동화로서는 다소 이례적인 구성과 결말을 택한다. 요컨대 아무 의심 없이,

할머니로 변장한 늑대 옆에 다가간 빨간 모자가 그대로 늑대에게 잡아먹히는 것으로 동화가 끝나는 것이다 (그림 형제의 동화에서는 마침 집 옆을 지나던 사냥꾼이 늑대의 배를 갈라 할머니와 빨간 모자를 구하는데, 이는 당시 프랑스의 지배를 받았던 프로이센의 독립에 대한 염원을 상징하는 것이라는 주장도 있다).

여덟 편의 동화 중에 「도가머리 리케」는 사랑이 주제이며 유일하게 민담에서 소재를 구하지 않고 당시 최초로 희곡을 무대에 올린 여성 작가이자 퐁트넬Fontenelle (신구논쟁에서 페로와 함께 근대파였다)의 조카인 카트린 베르나르Catherine Bernard의 단편에서 영감을 얻었다.

상대적으로 덜 알려진 동화인 「도가머리 리케」의 내용을 간략하게 훑어보자.

못생기고 곱사등이에 다리까지 절룩거리지만 뛰어난 품성과 명석한 두뇌를 소유한 도가머리 리케 왕자는 진정으로 사랑하는 사람에게 자신의 품성과 총명함을 선사할 수 있는 능력이 있다. 이웃나라에는 리케와

정반대로 외모는 모두가 넋을 잃을 만큼 아름답지만 멍청하기 짝이 없어서 어리석은 말만 늘어놓고 하는 행동마다 뒤퉁스러워 몰려든 사람들을 이내 쫓고 마는 공주가 있다. 리케가 공주에게 결혼을 약속받은 뒤 사랑한다고 말하자 그녀는 대번에 총명해진다. 일 년 뒤, 이제는 누구보다 우아하고 재치 있게 말하게 된 공주가 우연히 숲을 거닐다가 결혼 준비에 한창인 리케를 만나고, 그가 일 년 전의 약속을 상기시키자 그에게 사랑한다고 말한다. 그러자 리케는 세상에서 가장 잘생기고 사랑스러운 사람이 된다. 혹자들은 이를 두고 왕자가 변한 것은 마법 때문이 아니라 단지 왕자의 품성과 총명함에 매료된 공주의 눈에 그의 추한 모습들도 아름답게 비쳐보였을 뿐이라고 말하기도 한다.

　페로는 「도가머리 리케」의 '교훈'에서 이 이야기는 허구라기보다는 사실로 볼 수도 있다며 사랑하면 모든 것이 아름답고, 우리가 사랑하는 모든 이는 재치 있게 보인다고 말한다. '또 다른 교훈'에서는 사랑하는 사람의 눈에는 어떤 예술도 도달할 수 없을 정도로 완벽한 외모를 가진 사람보다, 오직 사랑하는 사람만이 발견할 수 있는 보이지 않는 단 하나의 매력을 가진 연인이 더 감동적이라고 말한다.

Miroir ou la
Métamorphose
d'Orante

갈랑트리 문학과 『페로 동화집』 사이의
『거울이 된 남자』

이제 「도가머리 리케」가 페로의 다른 동화들보다 비교적 덜 알려진 이유가 명백해진다. 이 동화는 실은 당시 사교계, 즉 살롱에서 유행했던 갈랑트리 문학에 뿌리를 두고 있다. '갈랑트리galanterie'는 직역하자면 여자에게 환심을 사기 위한 남자의 정중하고 예의바르고 친절한 태도이고, 당시 사교계의 화두 중 하나였던 '갈랑트리'를 습득하는 법, 즉 호감을 사는 기술, 말하는 기술에 대한 논의가 이루어지면서 자연스럽게 문학 형태로

89

발전했다. 오늘날 인간관계에서의 처세를 다룬 모든 자기계발서가 광의적 의미의 갈랑트리 저술이 아닐까.

갈랑트리 문학은 남녀관계의 처세술이 중심 주제이고, 당시 살롱에서 포르트레로 명성이 절정에 달했던 마들렌 드 스퀴데리Madeleine de Scudéry*가 갈랑트리 문학을 이끌었으며, 대표적인 갈랑트리 문학작품으로는 라파이에트 부인의 『클레브 공작부인』이 있다.

페로도 살롱에 드나들며 자연스럽게 갈랑트리 문학에 손을 댔는데, 1660년 작인 『사랑과 우정에 대한 대화Dialogue de l'amour et de l'amitié』와 이 책에 소개된 『거울이 된 남자』가 그것이다. 『거울이 된 남자』는 페로가 형과 협업하여 저술한 뷔를레스크burlesque 시를 제외하고는 서술적 형식을 띤 그의 첫 작품으로 미래의 동화작가 페로를 엿볼 수 있으며 사랑과 사랑의 처세에 대해 이야기하고 있다는 점에서 「도가머리 리케」와 멀지 않다.

• 『거울이 된 남자』 도입부에서 페로가 포르트레의 대가로 극찬한 '사포'가 바로 마들렌 드 스퀴데리이다. 사포는 그녀의 필명이다.

Miroir ou la
Métamorphose
d'Orante

해설을 마치며

어릴 때 유독 동화나 우화라면 사족을 못 썼다. 태초에 이야기가 있었고 민중의 입에서 입으로 전해오는 신화, 전설, 민담이 오늘날 모든 종류의 서사예술의 시초이지만, 나는 이야기도 글로 배웠다. 구수한 이야기를 들려줄 할머니는 함께 살지 않으셨고 엄마는 이야기를 들려주기보다는 책을 사주는 데 힘썼다. 동화는 시, 소설, 희곡 등과 같은 일반문학의 양식이 형태에 따라 구분되는 것과 달리 수용자에 따라 구분되는 문학인만큼, 어릴 때 읽었던 동화들은 "○○○ 했어요"라거나 "○○○ 했답니다" 체의 이야기들이었고, 어린 마음에도 왠지 사람을 얕보는 것 같기도 하고 어르는 것 같기도 한 그 말투들이 싫으면서도 홀린 듯이 읽고 또 읽었다. 환상성과 냉소를 잃지 않으면서도 안심이 되는 권선징악이 좋았던 것 같다.

자라면서 해당 단계의 수용자들을 위한 버전들을 읽으며 '같은 줄거리/다른 이야기'를 체험했고 비교 또한 즐거움이었다. 내게 동화는 우화처럼, 아이들을 위한 이야기가 아니라 늘 신비롭고 안심이 되는 이야기의 원형이었다. 그 속에 기본적인 삶의 지혜가 죄다 있었다. 오늘날은 특히 긍정적인 의미에서 믿기지 않는 이야기를 동화 같다고들 한다. 감동적인 미담들, '동화 같은 이야기'는 드물지만 존재하고, 어쩌면 건조한 현실을 견디게 해주는 동력이다. 극단적으로 말해서 우리는 동화 없이 살아갈 수 없다.

대학에서 「신데렐라」니 「잠자는 숲속의 공주」니 「푸

른 수염」이니 하는 그간 산발적으로 읽어온 동화들이 수록된 『페로 동화집』 원본을 접하며, 동화가 마법의 세계를 다루되 무책임한 우연에 기대지 않는 체계적인 이야기이며 가장 단순한 언어로 인간 보편의 진실을 상징적으로 표현하는 문학이라는 것을 확인했다.

이어서 『페로 동화집』을 구조적으로 분석하(는 시늉을 내)며 『거울이 된 남자』를 만났다. '같은 줄거리/다른 이야기'도 즐겁긴 했지만, '다른 줄거리'의 신선함에는 비할 바가 아니었다. 페로가 처음으로 서사를 구성한 작품이고, 『페로 동화집』처럼 수용자가 아동이 아니었을 뿐, 페로의 이야기꾼의 면모가 고스란히 드러나는 '옛날이야기'였다. 옛이야기의 환상성과 황홀함을 간직한 전혀 새로운 동화라니. 그때부터 내게는 『거울이 된 남자』도 페로의 동화였다. 그것도 현대에도 완벽하게 유효한, 아니 어쩌면 우리가 행복하기 위해 필요한 저 모든 미덕들을 한 단어로 요약하는 균형이라는 교훈을 장착한.

갈랑트리 문학의 산물인지라 시대착오적인 문장들도 눈에 띈다. 예컨대 '오랑트는 세상의 많고 많은 법칙 중에서도 가장 중요하고 반드시 지켜야만 하는 법칙을 아무 거리낌 없이 어겼다. 바로 여인들에 대해서는 절대로 나쁘게 말해서는 안 된다는 것'과 같은 단락이다. 독자에 따라 서걱거릴 문장이지만 굳이 삭제하지 않았다. 여느 동화들에도 해당되는 문제이고 고전동화를 거꾸로 읽고 다시 읽는 움직임들에 의해 짚어질 문제라고 생각했다.

오래전부터 때를 기다리며 늘 가슴 한구석에 품었던 이야기가 특별한서재 사태희 대표님의 공감과 열정에 추동되어 생각보다 훨씬 일찍 책이 되었다. 이 과정 또한 내게는 한편의 동화였다. 『거울이 된 남자』를 처음 읽었을 때처럼 설렌다. 내가 그랬던 것처럼 독자들에게도 이 이야기가 원초적 심성을 일깨우고 작은 위안이 되는 새로운 고전동화가 되었으면 좋겠다.

우리나라 최초의 본격적인 고전소설인 『구운몽』보

다도 몇십 년 일찍 쓰인 『거울이 된 남자』를 오늘날 한
국 독자들에게 소개하기 위해서 어쩔 수 없이 과감하
게 개입한 부분들이 있으나, 최대한 원작을 따랐다. 원
서는 1981년 갈리마르Gallimard 판의 2006년 문고본을
사용했다.

2019년 겨울의 문턱에서

장소미

거울이 된 남자

Miroir ou la Métamorphose d'Orante

ⓒ 장소미, 2019

초판 1쇄 인쇄일 | 2019년 11월 25일
초판 1쇄 발행일 | 2019년 12월 10일

지은이 | 샤를 페로
옮긴이 | 장소미
그린이 | 김아랑
펴낸이 | 사태희
편집인 | 유관의
디자인 | 권수정
마케팅 | 박선정
제작인 | 이승욱 이대성
펴낸곳 | (주)특별한서재
출판등록 | 제2018-000085호
주 소 | 04037 서울시 마포구 양화로 59, 화승리버스텔 703호
전 화 | 02-3273-7878
팩 스 | 0505-832-0042
e-mail | specialbooks@naver.com
ISBN | 979-11-88912-62-9 (03860)

이 도서의 국립중앙도서관 출판예정도서목록(CIP)은 서지정보유통지원시스템
홈페이지(http://seoji.nl.go.kr)와 국가자료종합목록시스템(http://www.nl.go.kr/kolisnet)에서
이용하실 수 있습니다. (CIP제어번호 : CIP2019046458)